L'atroce monsieur Terroce

Nicolas de Hirsching, d'origine russe, est né à Buenos Aires en 1956. Il arrive en France à l'âge de sept ans. Comme il aime le danger et les choses bizarres, il choisira plus tard le métier d'instituteur. Parallèlement, il écrit des contes et des livres pour enfants, et ses élèves sont souvent son premier public. Ses histoires ont été publiées chez Gallimard, aux Éditions de l'Amitié, chez Rouge et Or, et chez Bayard Éditions.

Du même auteur dans Bayard Poche :
Bonne nuit, Julien ! (Mes premiers J'aime lire)
Le mot interdit - Treize gouttes de magie - La sorcière habite au 47 - Père Noël Maboul - Sauvons la maîtresse - La marelle magique - Les cent mensonges de Vincent - La maman du Père Noël (J'aime lire)

Serge Bloch est né en 1956 à Colmar. Il fait ses études à l'École des arts décoratifs de Strasbourg puis, après quelques années, il s'installe à Paris. Actuellement il travaille chez Bayard où il est rédacteur en chef de la revue *Astrapi*. Quand il lui reste du temps, il fait des illustrations pour les petits et les plus grands. Ses ouvrages sont publiés chez Gallimard, Grasset, Casterman et Bayard Éditions.

Du même illustrateur dans Bayard Poche :
Rodogon le voleur - Surprise chez les Dupont - Le petit roi qu'on entendait tousser (Les belles histoires)
Les crétins punis (Mes premiers J'aime lire)
Le professeur Cerise - Monsieur Boniface - Mon copain bizarre - Monsieur Boniface rajeunit - À nous deux, monsieur Boniface ! (J'aime lire)

ISBN 2.227.72238.X

L'atroce monsieur Terroce

Une histoire écrite par Nicolas de Hirsching
illustrée par Serge Bloch

Onzième édition

BAYARD POCHE

Un terrible remplaçant

Je m'appelle Bruno. Je n'ai pas l'habitude de raconter des bobards, alors croyez-moi quand je vous dis que toute cette histoire est vraie.

Un matin, on s'est mis en rang, dans la

cour, et on a tout de suite remarqué que la maîtresse n'était pas là.

– Elle s'est peut-être cassé une jambe ? a dit Antoine.

Paul a répondu :

– Arrête ! Pour une fois que j'ai appris mes leçons !

Et puis le directeur est arrivé.

– Les enfants, votre maîtresse est grippée ! Elle sera absente pendant une semaine. Vous aurez un remplaçant.

Cet hypocrite d'Antoine a crié :

– Pauvre maîtresse !

Le directeur lui a caressé la tête, puis il est reparti sans voir qu'Antoine lui faisait des grimaces dans le dos.

C'est madame Michu, la maîtresse d'à côté, qui nous a surveillés. Elle venait jeter des coups d'œil de temps en temps, mais dès qu'elle retournait dans sa classe, la foire recommençait. Annie lançait des boulettes de papier sur Édouard ; Cyril et Tom se tapaient dessus, et Paul est même monté sur une table pour danser le rock. À ce moment-là, on a entendu une voix grinçante :

– Qu'est-ce que c'est que ce zoo ?

Devant la porte, un homme pointait l'index sur nous. Paul est descendu à toute vitesse de sa table. Quant à Antoine, il avait déjà un livre de calcul ouvert devant lui. L'homme s'est avancé. Après avoir remercié madame Michu, il a fermé la porte et il s'est tourné vers nous.

– Vous allez regretter votre cirque, bande de petits crapauds moisis !

Dans la classe, personne ne bronchait.

C'était la première fois que quelqu'un nous parlait ainsi. L'homme avait l'air terrible avec sa longue barbe et ses épais sourcils. Malgré tout, François s'est mis à imiter la grenouille, pour faire rire tout le monde : « Côacôa ».

L'homme l'a regardé d'un air furieux. Il a pointé son petit doigt sur François et a murmuré : « Choucroucucu ! » ou quelque chose comme ça.

Et là, il s'est passé une chose que jamais je n'aurais cru voir de ma vie : François s'est transformé en grenouille, une grenouille grosse comme lui, avec d'énormes yeux affolés.

Quand j'ai vu ça, je me suis ratatiné sur mon siège. On n'entendait plus un souffle dans la classe, à part les coassements de ce pauvre François. L'homme s'est assis au bureau et il a demandé :

– Qui veut faire encore la grenouille ?

Bien entendu, personne n'a osé répondre. Il y avait juste Julien qui sanglotait dans son coin, parce que François, c'était son meilleur ami, et surtout parce qu'il lui devait un sac de billes.

– Je suis votre remplaçant ! a continué l'homme. Appelez-moi monsieur Terroce ! Ou plutôt ne m'appelez pas : je déteste les enfants qui me parlent.

Tous ensorcelés

Le remplaçant a sorti le registre du tiroir et il a commencé à faire appel. Tout le monde répondait « présent » d'une voix timide, sauf François, bien sûr, qui a fait «côacôa». Monsieur Terroce l'a regardé en prononçant :

– Goulamonchouille !

Et, miracle, François a repris sa forme humaine. On était drôlement soulagés.

Puis monsieur Terroce a sorti de son cartable un gros vieux livre et il a dit :

– À partir d'aujourd'hui, je me servirai de vous pour mes expériences ! J'ai perdu la mémoire, et maintenant je ne sais plus à quoi correspondent les formules de mon grimoire*. Aussi, je les essaierai toutes sur vous ! Et rappelez-vous, bande de vers de terre ramollis, si quelqu'un parle, gare à lui !

* C'est le livre des formules magiques des sorciers.

À ce moment-là, la récré a sonné. On s'est tous retrouvés en bas pour discuter de ce qui s'était passé.

– C'est un sorcier, ce type ! s'est écrié François.

– Mais les sorciers, ça n'existe pas ! a dit Sonia.

– Ah bon ! Et moi alors, je me suis déguisé en grenouille, peut-être ?

Pourtant, il fallait bien l'admettre, le remplaçant était sorcier !

– Eh bien moi, je vais le dire au directeur ! a décidé François.

Quelques minutes après, il revenait tout rouge de colère et de honte :

– Pffft ! Il ne m'a pas cru, il m'a traité de fou et il m'a grondé en plus !

On est remontés en classe en se demandant ce qui nous attendait. Monsieur Terroce a crié en serrant les poings :

– Il y en a qui ont la langue trop bien pendue, ici ! N'est-ce pas, François ?

François a voulu protester, mais soudain, horreur ! sa langue s'est mise à pousser et à s'allonger. Au bout de quelques secondes, elle lui arrivait jusqu'au nombril. On aurait dit qu'il portait une cravate !

Le remplaçant a ajouté :

– La prochaine fois que quelqu'un parle de moi, bande de limaces gluantes, il marchera sur sa langue !

Il nous a donné trente problèmes à faire, il a appelé François au bureau et il a murmuré : « Grognoufrigo ! » Aussitôt la langue de François est redevenue normale.

Puis Terroce a ouvert son livre et il a lu lentement :

– Tricouchofesse !

François a fermé les yeux. Quand il les a rouverts, il était transformé en bébé de six mois. Ses vêtements étaient trop grands pour lui, il nageait dedans.

– Mais bien sûr ! s'est exclamé monsieur Terroce. C'est la formule de rajeunissement ! Et maintenant, la formule contraire : « Barbouchicot ! »

François a retrouvé sa taille normale immédiatement et il a regagné sa place. Il s'en rappellerait, d'une journée pareille !

Ça a continué ainsi toute la matinée. Le sorcier faisait venir un élève, il essayait une formule sur lui, puis la formule contraire. Ensuite, il notait à quoi elles servaient, et il les apprenait par cœur.

Il a ainsi transformé Alain en chimpanzé, Benoît en kangourou et Julie en autruche.

Sonia est devenue verte à pois bleus, Cyril a vu sa tête enfler comme un ballon. Et Léon a eu une faim si terrible qu'il a essayé de manger son cartable. Presque toute la classe est passée par les mains du sorcier, il n'en restait plus que deux avant moi. Puis plus qu'un...

Un gâteau piégé

Drrriiiiinnnng ! J'ai poussé un grand soupir. Ouf ! c'était l'heure de la cantine.

Monsieur Terroce nous a avertis :

– Bon ! On continuera cet après-midi, bande

de crottins à mouches ! Et rappelez-vous, pas un mot, sinon. . .

À la cantine, pour une fois, notre table était la plus calme. J'ai chuchoté :

– Il faut qu'on se débarrasse du sorcier.

– Et si on l'empoisonnait ? a proposé Antoine. On pourrait lui offrir une portion de gâteau avec un tas de cochonneries dedans. Il tombera malade et on aura un nouveau remplaçant.

Benoît a soupiré :

– Tu parles ! Avec la chance qu'on a, ça sera un vampire ou un ogre !

Malgré tout, on a gardé une part de gâteau et à la récré on a préparé notre piège. On a fourré à l'intérieur un ver de terre, une crotte de pigeon, un mégot de cigarette et un peu de boue. Comme c'est Antoine qui sait le mieux mentir, il a été désigné pour offrir le « dessert » au sorcier.

En entrant dans la classe, Antoine s'est approché de monsieur Terroce et il a dit :

– Un cadeau pour vous, m'sieur ! Pour vous remercier d'être si gentil !

Monsieur Terroce a hurlé :

– Je ne veux pas qu'on me parle, espèce de moustique rachitique !

Puis, en voyant le gâteau, il s'est exclamé :

– Donne ! Et retourne à ta place !

Il a pris l'assiette et en deux bouchées, il a fini notre « dessert ».

– Excellent ! s'est-il écrié quelques secondes après. Vraiment divin ! Tu m'en apporteras tous les jours ! Maintenant, conjuguez-moi tous cent verbes !

On a obéi en soupirant : c'était raté ! C'est alors que monsieur Terroce m'a appelé. Je suis allé à son bureau. Il m'a observé tout en prononçant une de ses formules :

– Mouchiflapopo !

Et l'incroyable est arrivé, parce que... rien ne s'est passé ! Je suis resté pareil à moi-même. Aucun changement, aucune transformation... rien ! Le sorcier a eu l'air surpris. Il a répété sa formule, sans plus de succès.

Soudain, la porte d'entrée s'est ouverte. C'était le directeur. Il nous a félicités :

– Ah ! Ils travaillent bien, ces petits. Bravo ! On voit qu'ils ont un bon maître !

Puis il a ajouté :

– Retourne à ta place, Bruno ! Je dois parler à monsieur Terroce.

J'ai obéi. J'étais encore tout étonné d'être comme avant. On aurait dit que le sorcier avait perdu ses pouvoirs, c'était peut-être à cause du gâteau.

Le directeur a parlé longuement avec lui de papiers administratifs, puis il est reparti. Monsieur Terroce est resté songeur quelques instants. Ensuite, il a pris le cahier d'appel et il a fait venir Philippe, qui est après moi sur la liste. Sans problème, il l'a transformé en pieuvre.

Il semblait m'avoir oublié. Moi, je me faisais tout petit, mais je ne pouvais pas m'empêcher de penser : « Il a toujours ses pouvoirs ! Mais alors, pourquoi le sort qu'il m'a jeté n'a-t-il pas marché ? »

Maman s'en mêle

À quatre heures et demie, monsieur Terroce nous a quittés. Nous sommes tous sortis de l'école, la tête basse.

Avant de rentrer chez moi, j'ai fait un tour dans le parc. Je voulais absolument être sûr que la formule du sorcier ne m'avait pas changé. J'ai réfléchi très fort à des problèmes pour voir si j'étais devenu un génie. J'ai couru pour voir si j'étais devenu super-rapide. J'ai essayé de casser un banc pour voir si ma force avait doublé : rien n'a marché ! Alors, j'ai pensé : « Et si c'était un sort maléfique ? Et s'il m'avait donné une longue et mystérieuse maladie à retardement ? »

J'étais épouvanté. Alors, tant pis, j'ai décidé de tout raconter à mes parents. Évidemment, d'abord ils ont cru que je blaguais, puis que j'étais devenu fou.

À la fin, je m'énervais tellement que Maman a dit pour me calmer :

– De toute façon, il doit y avoir un problème. Demain, j'irai le voir, ce maître !

Le lendemain matin, ma mère est donc allée trouver monsieur Terroce dans la cour de l'école. Mais dès qu'elle a ouvert la bouche, il l'a arrêtée d'un geste. Il a sorti un cahier de son cartable en disant :

– Je ne sais pas quelles bêtises vous a racontées votre fils. À mon avis, il ne voulait pas revenir à l'école à cause de son travail ! Regardez son cahier !

Ma mère l'a ouvert et elle a poussé un cri : à l'intérieur, il n'y avait que des taches, des gribouillis et des zéros partout ! Bien sûr, je ne les avais jamais vus de ma vie, tout cela était l'œuvre du sorcier. Mais comment le prouver ? Maman est devenue rouge de honte. Elle s'est excusée, puis elle m'a laissé avec le sorcier en me disant :

– Tu vas voir ce soir à la maison !

Le sorcier, lui, m'a chuchoté :

– Tu vas voir tout à l'heure en classe !

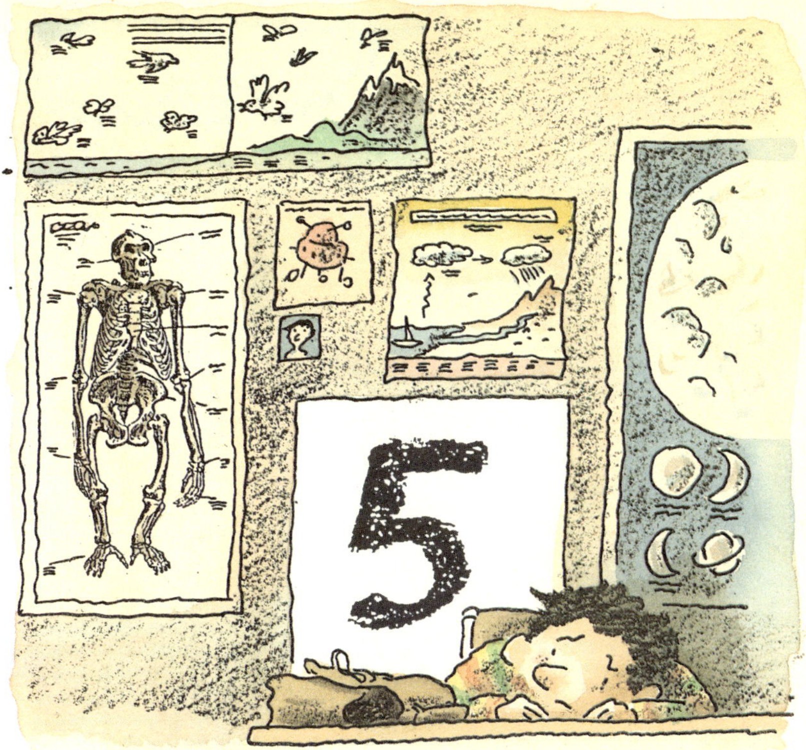

Prisonnier du sorcier

Je me sentais plutôt mal. Si j'avais pu me transformer en puce pour disparaître, je l'aurais fait. Monsieur Terroce m'a appelé au tableau :

– Viens ici, espèce de petit pou mal peigné !

Je me suis levé en pensant: «Ouille! ça va être ma fête!»

– Alors, comme ça, on va pleurnicher dans les jujupes de sa maman? On lui raconte tout, misérable cafard cafteur! Tu vas le regretter!

Il a ouvert son livre et il a pointé son petit doigt dans ma direction, tout en disant:

– Bouroujocubou!

J'étais terrifié. J'ai fermé les yeux, puis je les ai rouverts... Le miracle avait recom-

mencé ! Le sort n'avait pas agi ! J'étais toujours le même, de mes cheveux jusqu'à mes chaussettes. Le sorcier tremblait de colère. Rageusement, il a choisi une nouvelle page et il a dit :

– Caramelonouga !

Mais, comme la première fois, le sort n'a eu aucun effet sur moi. Le sorcier n'y comprenait rien, sa rage augmentait, surtout que le reste de la classe nous regardait en rigolant. Moi, je ne savais pas pourquoi

j'étais le seul sur qui les sorts ne marchaient pas, mais j'ai décidé d'en profiter. Je me suis approché du sorcier et vite, j'ai pris son grimoire. J'ai couru à la fenêtre et je l'ai lancé dehors, le plus loin possible. Monsieur Terroce m'a souri d'un air mauvais.

– Petite punaise poilue ! Tu crois peut-être m'embêter ! Mais regarde ce que je peux faire : Avilipopouvol !

Aussitôt, le livre que j'avais jeté s'est mis à battre des pages, comme un oiseau bat des ailes. Il s'est envolé et a regagné les mains du sorcier en moins d'une minute. Le sorcier a continué :

– Et si je ne peux pas te transformer, je peux quand même… Cajapapoule !

Une seconde après, une énorme cage de fer m'entourait. Monsieur Terroce s'est approché de moi, tout en rangeant une vieille clé dans sa poche :

– Et voilà ! Prisonnier ! Maintenant, on va voir si tu résistes aussi bien à tout !

Alors, il s'est mis à réciter toutes les formules de son grimoire une à une. Aucune ne marchait. Soudain, j'ai eu une idée. Et si le premier sort qu'il m'avait jeté était un sort pour résister à la magie ? Oui, c'était certainement ça ! Je l'ai donc laissé faire, tout en me moquant de lui. Je lui tirais la langue, je lui faisais des grimaces. Mais je n'étais tout de même pas tranquille. Et s'il retrouvait la formule...

Le sorcier hurlait ses sorts, comme si en criant il avait plus de chance de réussir :

– Porchonkipette !

– Vigraboudin !

– Tétrocruchamoule !

Brusquement, il s'est immobilisé, ses yeux sont devenus lointains. Il s'est gratté la tête et il a murmuré :

– Mais qu'est-ce que je fais ici ?

Adieu, Terroce !

Dans la classe, personne n'osait bouger.

– Mais où suis-je ? répétait Terroce. Et que fait cet enfant dans cette cage ?

C'était incroyable. Il semblait avoir perdu la mémoire. Soudain, j'ai tout compris. Il venait de prononcer une formule qui efface les souvenirs, comme il l'avait déjà fait certainement un jour. Très vite, j'ai inventé quelque chose :

– Mais vous êtes notre très gentil remplaçant ! On est en train de jouer une pièce de théâtre ! D'ailleurs vous pouvez me faire sortir d'ici maintenant. On a fini ! Vous avez la clé dans la poche.

Le sorcier m'a délivré. Puis il s'est assis à son bureau. Il semblait complètement déboussolé.

– Je ne sais pas ce que j'ai, je ne me souviens plus de rien !

Puis il a aperçu son grimoire et il a dit :

– Tiens ! Qu'est-ce que c'est ?

Alors là, je dois dire qu'Antoine m'a épaté, il a réagi en un éclair. Il s'est précipité et il a arraché le livre des mains du sorcier.

– Touchez pas à ça ! a-t-il ordonné. C'est mon livre à moi ! On me l'a offert pour mon anniversaire. Vous feriez mieux d'aller voir le directeur ! Il vous demande.

– Le directeur ? a interrogé monsieur Terroce. Ah ! Oui ! Bien sûr ! Je suis dans une école !

Et il est parti, d'un pas hésitant. Cinq minutes après, le directeur est arrivé complètement ahuri.

– Heu... les enfants ! Monsieur Terroce doit partir. Je crois qu'il est malade à son tour. Attendez sagement, je vais essayer d'avoir un nouveau remplaçant !

À ces mots, toute la classe a explosé de joie. On se donnait des tapes sur la tête, sur les bras et sur le corps, tellement on était content. Le directeur a eu l'air surpris :

– Quand même, a-t-il dit, vous exagérez ! Il était pourtant bien gentil, ce monsieur Terroce !

Il nous a laissés pour aller téléphoner. Et voilà ! Depuis, on attend le nouveau remplaçant. Mais, cette fois, on n'a plus peur de rien. Car avec le grimoire magique qu'Antoine a gardé, maintenant, les sorciers... c'est nous !

Dans la série *J'aime lire* de Bayard Poche, il y a plein de livres que tu vas adorer !

Des livres d'humour

***L'oncle Giorgio* (JL 10)**

L'oncle Giorgio est allergique aux enfants. Catastrophe, il est obligé de recevoir son neveu et sa nièce !

Écrit par Marie-Aude Murail et illustré par Yves Besnier.

Des livres fantastiques

***La bibliothèque ensorcelée* (JL 35)**

Ce vendredi 13, Aurore Coquille, la bibliothécaire, ne se doute pas que le livre qu'on lui demande va l'entraîner dans une véritable chasse aux sorcières.

Écrit par Évelyne Reberg et illustré par Maurice Rosy.

Des livres frissonnants

***Le mot interdit* (JL 6)**

Pas de mot se terminant en « eur ». C'est la règle du jeu. Un jeu qui peut devenir dangereux pour Thierry.

Écrit par Nicolas de Hirsching et illustré par Jean Claverie.

Des livres d'aventure

***C'est la vie, Julie* (JL 1)**

Ce matin, tout va mal, et Julie est loin de se douter qu'elle sera ce jour-là l'héroïne de folles aventures !

Écrit par Évelyne Reberg et illustré par Boiry.

Et n'oublie pas, dès 9/10 ans, les séries Je bouquine et Chair de poule !

Tous les mois, la lecture plaisir avec le magazine de ton choix

J'Aime Lire
Dès 7 ans.
*Gourmand de lecture ? Dévore chaque mois dans **J'Aime Lire,** un vrai roman inédit, croque les jeux de Bonnemine et savoure l'irrésistible BD de Tom-Tom et Nana.*

Astrapi
Dès 7 ans.
*Lis, ris et grandis avec **Astrapi !** Pour tout comprendre, ses « petits savoirs » te disent tout sur les sciences, la nature, l'histoire et la santé... Et avec ses BD, jeux, bricolages, actualités, Astrapi, c'est garanti sans ennui !*

Images Doc
Dès 8 ans.
*Passionné de découvertes ? Pars avec **Images Doc** à la rencontre des richesses du monde à travers de superbes documents-photos sur les animaux, l'histoire, la géographie, les sciences...*

Si tu veux recevoir un magazine en cadeau ou t'abonner, tél. : 01 44 21 60 00

Achevé d'imprimer en Juillet 2001 par OBERTHUR Graphique
35000 RENNES - N° 3835
Dépôt légal : Juillet 1992 - N° Editeur : 6889
Imprimé en France